把林中的鸟赶进天空

邹进 著

作家出版社

图书在版编目（CIP）数据

把林中的鸟赶进天空 / 邹进著. —— 北京 : 作家出版社，2016.12
ISBN 978-7-5063-9303-4

Ⅰ. ①把… Ⅱ. ①邹… Ⅲ. ①诗集－中国－当代Ⅳ. ① I227

中国版本图书馆 CIP 数据核字 (2016) 第 316885 号

把林中的鸟赶进天空

作　　者：邹　进
责任编辑：张　平
装帧设计：刘营营
出版发行：作家出版社
社　　址：北京农展馆南里 10 号　　　**邮　　编：**100125
电话传真：86-10-65930756（出版发行部）
86-10-65004079（总编室）
86-10-65015116（邮购部）
E-mail:zuojia@zuojia.net.cn
http://www.haozuojia.com（作家在线）
印　　刷：北京盛兰兄弟印刷装订有限公司
成品尺寸：130×210
字　　数：16 千
印　　张：4.625
版　　次：2017 年 1 月第 1 版
印　　次：2017 年 1 月第 1 次印刷
ISBN 978-7-5063-9303-4
定　　价：28.00 元

邹进 ZOU JIN

写有诗集：《为美丽的风景而忧伤》《它的翅膀硕大无形，一边是白昼，一边是黑夜》《坠落在四月的黄昏》《今夜倚马而来》《假如终将痛苦地死去》，与霍用灵合编《情绪与感觉——新生代诗选》。

自序

最近看到一篇文章，说有的诗看过之后，会觉得它根本就不是诗。

这话怎讲？一篇小说写得再不好，也是一篇小说。一篇散文更是如此，写得再差也是一篇散文吧？再做一个比喻，你的字写得再爬，也是字吧？怎么说一首诗就不是诗呢？

这就是诗人内心的纠结。诗人与作家有所不同，他每一次都要提供给读者新的经验。所以我说自己是诗人，心里总是有些不踏实。因为在这一刻，并没有新的经验可以提供，也不知道还能不能提供。作为诗的读者、编者、评论者，似乎都没有问题。一旦停止了创作，感觉自己又汇入了人流之中，不敢再说自己是个诗人。

诗所反映的内容与其他体裁的作品都差不多，

不同的是表现手法，主要是在于运用语言。诗人是语言的杂技师和魔法师，就是要让人感到意外，发出惊叹之声。诗一般都很短，几十行甚至更短，读者没有耐心读长诗，所以诗人更不能疏忽，没有机会让你犯错。

诗人出其不意地用语言打动读者。就像要讲明一个道理，有文化根底的人，常常会用一个成语或者一句圣贤说过的话，一下就打通了人的知性。诗人就是要找到绝句，一下打通读者的情感。诗人平时不是这么说话的，所以一旦不写，自己会感觉不是诗人了，心里会产生一种恐慌。

这是我的第六本诗集。在过去的几个月里，感觉自己的确是个诗人，锻字造句，按照诗人的方式思考问题。情绪一直都是在紧张和反复的释放中，创作过程中每一根神经都处在紧张之中，创作完成又是一次释放，这样循环往复。

促使我完成这本诗集创作的，是重庆大学出版社的小弟张维。他希望我把已经出版的几本诗集按照读者的兴趣重新组合，出几本分类的集子。在悼亡、英雄、调侃、爱情这几个方面，我自以为是写得相当不错的。我跟张维说，等我再写一本，这样可选的篇目多一些，不可滥竽充数。

这个集子里有几首抒情诗请读者关注，它们是《春天颂》《厄运颂》《高昌颂》和《欢乐颂》。这也预告了我的下一本诗集，叫《哀歌与颂》。

目 录

以梦为马

曾经只要入睡
就翻身上了马背
跟着它在梦醒边缘
随处可栖

多久没有梦见
那匹白色的儿马了
没有幻想的一夜
如在沙漠行走

嘴里嚼着干草 今夜
我就在厩舍等待
它应在黎明前出现
如同一个诗句

求法小记

脱去了毛发
显露一颗智慧头颅
半个多世纪
埋没在一堆蒿草中
身体发肤，不敢毁伤
此孝之始也
如今断除
父母能否宽宥?

至于今日
由佛法加持
断除一切烦恼
人间骄傲及怠慢之心
今日剃度

并非托号出家
苟避人间徭役
佛是师道
教人一心一意
善法得闻

感恩我的亲教师
宝山何在?
我已亲临座下
恭敬受教
纵然我博闻广记
也茫然不知所措
欢喜信受
也不知如何修行报德

菩萨与我
均出娘胎
却能教我为人之道
解脱之理
一个蒲团
让我善根深植
虽未见道

求法之路渐走渐宽
衣衫褴褛
已是福德加身

沙弥，沙弥
须勤加鞭策，息恶行慈
受具足戒
上乞佛法，下乞饮食
待到通晓戒律
始可以教人习颂，受人依止
二十年后，众人在你下首
尊你为上师

精灵给我三个愿望

精灵给我三个愿望
我要一匹马，一根马鞭
一副雕花的马鞍
我跟精灵讨要第四个愿望
精灵说，那我就要收回前面的三个
我说好吧，你先把我变成一个蒙古人
然后再给我三个愿望
给我一匹马，一根马鞭和
一副雕花的马鞍

天堂

——以女儿的口吻写给 Connie 母亲

还记得昨天吗?
妈妈
我把去那里的事
又跟你讲了一遍
妈妈，你去的地方
叫天堂镇

镇上有一个图书馆
主，就在那里管事
你先去应聘一个馆员
（没有工资的哦）
爸爸将是你常年的读者
还有我，你的女儿

哪怕一辈子不能回来
只要和主在一起
在没有痛苦和恶念的地方
继续你的事工

我相信，妈妈
家人永远在家庭中
你和我
是生命中一场深厚的缘分
从强烈的依恋到得体的分离
共同完成了一个使命
你是上帝派来的菩萨
要回到上帝身边去了

不知道去哪里
人才会很恐惧
妈妈，你去的那个地方
再也没有性命之忧
天堂镇上没有恶人
那些人都下了地狱

天黑之前，妈妈
我一定把你送到那里
给你扶上白马
带上玫瑰花，糖果和书籍
忘忧草，母亲花
会让你忘掉一生的辛苦

妈妈，几十年后
我就寻你而去
我们的家安在天堂镇
家人永远在家庭中

上帝

如果不知道上帝在哪里
读读《圣经》《古兰经》《金刚经》《道德经》
听听耶稣、穆罕默德、释迦牟尼、老子怎么说的
如果还不知道上帝在哪里
看看种子如何生根、发芽、开花、结果 然后腐烂
想想蝴蝶、蜻蜓、鸟儿怎么飞的
如果还是不知道上帝在哪里
那就看着我吧
看我拈花呢还是破颜微笑
上帝不与我们对话

在我们说出的话中

不知道哪一句是上帝的意思

上帝你已无能为力

上帝你已无能为力
我只能靠自己
上帝
要我给你力量吗?
如果你已无能为力
你就告诉我

你还能做到什么?
上帝
如果你不能
你怎么说你是万能
如果你万能
为什么不能解除人的痛苦

有时我又可怜你
当膏肓不治你束手无策
你多想表现自己
让人们相信你的默佑之功
你却爱莫能助
可怜啊上帝！

我不会无动于衷
每个人身上都有可取之处
一盆炉火正气存内
扶阳养正，让我意志坚固
体内自有大药
人身阴阳合一

爱是人人都缺
不是每个人都能给予
哦 上帝
你何时开仓赈济？
痛苦人人回避
但它在人心里

每个人从你那里
都不应该获取过多
如果不能发酵
就是死面一坨
行有不得，皆反求诸己
上帝，我不会埋怨你

如果你真的累了
上帝，你也可以休息一会儿
替你就是替天行道
我做你的顾命使臣
如果人人像我这样
这个世界不会好吗?

我深知
不努力我什么都不是
你已精疲力尽
现在需要我给你鼓励
一起加油，上帝!
我们依然需要你

快乐首领

我把头端下来
放在桌子上修理
今晚我要给自己剃度
据说这也是一种发型

十万根头发里
藏着多少种金属元素
角化的上皮细胞
肾上腺激素可使它竖起

浑然不觉过了中年
一生之中有什么值得圈点?
风干五十年的记忆
稀松平常已如斯

与其一夜之间鬼剃头
不如痛痛快快自己下手
我的头发好像茅草
无用之物今晚我把它拔掉

没有波浪卷曲
不如还它阳刚之美
从此看不见焦枯发蓬
也没有了鳞屑飞扬

我可不讨真主喜欢
惦记他的三倍奖赏
出家事情也轮不到我
六根不净我离不开人间欢乐

我的焦虑不安
从此深藏不露
凭我如彼壮怀激烈
再也不会怒发冲冠

我把这个头颅
放在桌上把玩

不知道里面还有多少盘算
这个江湖之外的次要诗人

我任命自己为光头管带
只做一个无人追随的快乐首领
电推子在头上的酥麻感觉
值得我回味一生

欢乐颂

——吉林大学中文系 1977 级

毕业 35 年班庆

带着甜蜜微睡的预感
从此刻，我们登上归途
想象起落架无数次放下
每次心都咚的一声
降落在那条曾经
是用邪恶名字命名的大街上
跑道上灯光齐亮
而心却暗淡许多

有的人永远在天上飞
永远都在归途中
谁说孤独的旅人
常会在各个城市间穿梭
每一个死去的人

都带走我的一部分
同样，只要剩下最后一个
这整体就不可分割

天神之门一道道打开
每一道都在召唤
这是诗人的故乡
他们总要回到这里
还有许多人步其后尘
至少可以沾上诗人的气息
这座巨大的宫殿
已把地毯铺到足下

铺到每个人所在的城市
甚至铺到天堂和地狱
长春，坐落在我的校园
之于我，如同皇村的回忆
同志街，解放大路
寒冷的街道，如今安在哉？
如果有人在这里独自流泪
那一定就是我们

永恒的冬天!
越是寒冷的地方越温暖
只要再冷一点
人的德行就更加坚固
蒙古源流，大清龙兴之地
哪条河流不是一根血脉
让汉人细弱的血管
变得粗壮起来

一起到南湖去照一照
三十五年前的影像
你年轻得像个美人
收尽男人好色之心
自以为空前绝后的一代
大都也是一事无成
平凡年代造就出的人
虽平庸，都自命不凡

想想这些我们都会哭吧
我从不回忆这一切!
并不等于忘记
并不等于不热爱

这世界不管多冷酷
都需要富有感情的人
不管多世故
都有不忘初心的人

那是最后一年
所有的人都在谈情说爱
好像离开这里之后
再也没有爱情可寻
高贵的女神也如一切神灵
被蛮夷之人紧紧包围
如果不答应为他们生儿育女
就不能离开这里

即使下嫁到人间
也不是一件过于糟糕的事情
他们诞下的儿女
个个都有神性
奇怪的是，他们没有一个
追随父母来到此地
所有欢乐也只能
在壶里自己沸腾

天之骄子
如今都已心平气和
只是隐隐传来的歌声
穿过岁月还依稀可辨
沧浪之水又清又浑
我们都已大智大愚
口中没有抱怨
心里不存是非

同学间买卖肯定做不成
他们既怕赔钱又要讲义气
搞不好反目为仇
这又何必呢?
唯一的快乐之源
切不可用贪婪把它堵塞
所以早就死了这条心
宁可做个酒肉朋友

要让我们帮助他人
这比一切都来得容易
我们结下的君子之交

只用来享受友谊和爱情
据说每一个氏族
都有自己的图腾
对我们来说
只要有诗就已经足够

欢乐之神已经齐聚
要在这里创造一个节日
在这游牧民族的向往之地
远避瘟疫和猜忌
此时，星光遍布穹庐
灵感之手为我们摸顶
众妙之门徐徐开启
我们的幸运不止于此啊！

高昌颂

我是飞向
哈喇契丹的聚集地
用鹰眼寻找
古高昌之所在
这失败的族群
逃脱女真人的追杀
从辽远之辽
水草丰美之地迁徙而来
上天重新给他们
打上了戳印
神指一点
圈定他们的家园

上亚细亚的风口
无形的防御之墙
古代的英雄
古儿汗，万汗之汗
在灭亡之际，带领部众
远避灾难
一路留下的亡魂
已经不再呻吟
都已变成了青牛白马的
神圣之灵

而在兴盛之后
他们又开疆拓土
从西夏的边界到花剌子模腹地
北到巴尔喀什湖南到阿姆河
只要有水
这里是一片沃土
上天掉下一滴眼泪
足以滋润千里

他们并不用多少时间来祷告
每一个英雄的功绩

都添枝加叶地
用来创造新神
当最后一个英雄
篡夺了国王的宝座
整个民族都因他的贪婪
遭受上帝之鞭

帕米尔高原上座座小城
哪一座不曾跟风暴对抗
纵横于山脉间的条条河流
河床虽已干涸
当冰川融化
哪一条不是夺路而走
直到它们精疲力尽
被沙漠所吞噬

千年之后
迁徙之路早已埋没在记忆里
只有在祷告中
才能听到遥远的回声
十二重大门全都紧闭
有力的宫帐早已掩息

英雄的光辉
都是在身后闪耀

我将倾注极大的心力
重读他们的历史
以便我也融汇到
他们的血脉中去
我开始偏爱他们
目光充满爱意
因为我的女儿
就要嫁到此地

而且我不确定
我的血统里
是否也有通古斯人的基因
不然我为何钟情于此?
而且我发现我也
鼻梁高居
眼窝内陷
珠色棕黄

我正飞过高昌
如果是一只鹰
我一定会停留一下
而不是一飞而过
乘可爱的太阳还未下山
夜的垂帘还未放下
多看一眼是一眼
直到它藏进黑夜的洞穴

日月之神
趴在两座山头上
护佑身下众人
随处飘动的经幡
为他们阻挡一切的厄运
此时我的思绪
变得温暖起来 好像
所有问题都已解决

所有让人懊悔的事
都允许重新再来一遍
每一个山头都是神的居所
朝向一片广阔的风水

白雪和喀斯特的斑斓
粉饰一座座宫殿
他们无比寂寥地
等着我来与他们宴饮

厄运颂

尽管厄运来得突然
皆因从前曾被无视
而过多请求是有害的 何不以为
这是神之所示呢?

谁也无法预测
这颗分子的蜕变
将怎样决定未来
或如何毁灭人的自以为是
恒久不变又变幻不定
正是人类状况的真实之处
疼痛也是一种眼之所见的方式
在体内放射光辉

在身体构筑的宫殿里
把每一件器官视作展品
没有一件相同
都是造物主的杰作
在夜间，这座宫殿也是
灯火辉煌，随时为观摩者打开大门
人们都说，这就是神的居所
这里已无凡俗迹象

一场生命的赞歌
就由这里传出
危难时刻神才会出现
平时他神秘无比
众神之子聚集在此
他们无须饮食，只管歌唱
每一首歌都能唱出
人们心中的苦痛

读读那些美丽的歌词
都在感动着自己
于是会有奇妙的事发生
厄运也绕道而行

从此有了身体的哲学
吃饭如修行
睡觉如养生
做爱后相互道谢
期待每一次有所不同
一次比一次更加神秘
不论看到什么
总能让我感到惊奇

何不拨响所有的琴弦
让身体共鸣？
何不去幻想，此季一到
身体里都是春天
神需要赞美，他会更加卖力地
疏浚每一条血管以便漕运
那些不被关注的身体物件
终因爱抚而欣喜若狂
从而积聚起更大的力量
去召唤命运

偶尔想到民国

我外婆活到 90 岁
她 70 岁的时候
感觉自己就要死了

她坐在竹椅子上
用蒲扇给我扇着风
一边说她的伤心事

凄美的故事
都可以像诗一样再听

渣打银行
在我妈 10 岁那年
又可以取款了

她的6000块大洋
被冻结了整整8年
赎回之后
只买回来一袋米
那是民国三十五年

一切为了抗战！
我姨的大学的梦啊
跟着一缕青烟
装进一个精致的盒子

她把首饰送到当铺里
含着眼泪回家
她可是扬州的大户人家的
大家闺秀啊！

如今她遁迹于
江南的一个私人院落
两间破旧的小屋

那已经是50年前的事了
如今我快60岁了

她的女儿 80 多岁了
我的女儿 20 多岁了
她 120 岁了

如果她还活着
比杨绛还老
会老成什么样子啊！
她的丝滑的皮肤在我手上
像江南的绸缎

其实我没睡着
听她唠唠叨叨地
讲一个家的败落
听着就好像蒋家王朝
也跟着破败一样

每次说着说着
她都要哭了起来
我更坚定地紧闭眼睛
她伤心得让我感到
下一个暑假回来
肯定就见不到我了

她长寿也因为我倾听

她又活了 20 多年

那年我 10 岁

六一儿童节想到清朝小皇帝

十二个皇帝
五个是童工
凌晨五点钟声鸣响
宫门开启
皇帝驾临太和殿
一边念叨：困死朕了
睡眼歪斜地
看着百官一跪三叩
说：爱卿平身
回家接着睡吧！

清朝的皇帝
都是被养大的

皇帝都要从娃娃抓起
岂不成本太大了?
既违反劳动法
也不符合经济规律
且质次价高
从市场上
完全可以买到一个更便宜的
还可以退换

宦官专权
外戚干政
不靠他们又靠谁呢?
垂帘也是一道防火墙
皇帝，是一个高危人群
平均寿命最短的职业

一个三岁
一个四岁
两个六岁
最大的八岁
有两宫太后照料
顾命大臣接送

穿越三百年

在同一个贵族幼儿园里

玩耍

让他们同治去吧

刚下了早朝

嘴里还念着国家大事

母与子

儿子对母亲说
我害怕你真的会死去

母亲说，儿子
你不要走在我的前面

皋鱼曰，往而不可追也
子欲养而亲不待

子曰，父母
唯其疾之忧

父母在，不远游
不远游，不远游，不远游……

父亲节写给自己

早晨醒来
醒在二十五年前
她发现了我的劳碌命
把我变成一个养蚕人
在我手臂上
多出了一个柔软的物体
差点被我坐在屁股下面的
一条粉红的虫子

这虫有点像蚕
她裹奶的样子
像在啃吃桑叶
发出沙沙的响声

等到没有了声音
是她休眠的时候

从此我的工作
就是采摘桑叶
为此开了一家采桑公司
组织大家跟我一起采
白天采，夜里也采
一年只休息这一天

我爱惜这条虫子
喜欢她慵懒的样子
吃了睡，睡了吃
根本不跟世界一般见识
等待她的每一次苏醒
每次醒来都长大一点
直到懒得动嘴了
她爬到一棵树上
自己装饰一间闺房
待字闺中

如今这条虫子

已经化茧成蝶

我的工作重心

就转变为赚钱 直到

把树上的桑叶都变成

红红绿绿的钞票

疼痛鸟

疼痛鸟
投宿树林中
吱喳之声
在身体各处鸣叫
这些精灵
总是在做唤醒服务
——四月
——你好!

我如何找到它们
从你的身体中驱逐
如同把藏在林中的鸟
赶进天空
我也不知

如何关闭你的痛阀
除非让它们
飞进我的体内

完全靠你主诉
谁能知道
从无痛到痛的极点
你匍匐在哪一段道路上
无须把自己
塑造成受难者的形象
疼痛像一盏油灯
你坚信能吹灭

只把疼痛
修炼成通往圣殿的长路
耐心点
再坚强一点点
总有一天
你承受过的疼痛会有助你重生

四月，你好！
万物生长

太阳之桅

天空
挂在太阳之桅
飘落如海

我们在不同之地
同时起飞
高呼万岁
伊斯兰的圣徒们
祷告之后
也跟我们一样
化作一群飞蛾
飞向它的安拉和
无边无际

想象中的列车

我在睡梦中听到
车轮压轧铁轨的声音
感觉草原上的呼麦
驱赶着沉闷的马群
不待我用镜头拉近
头顶上已是彩云飞渡
等待它徐徐进站
找到那节车厢对号入座
那是想象中的列车吗
等待已久还要等待多久?
注定我的一生
都朝着一个方向等候

而它从我们身边通过时

只是一道闪光

花未眠

顺着罗丹的手势
看见的都是
生性天然空无的花朵

皇上说
多少年没有早朝了
后花园
正盛放着哀伤

到凌晨四点
川端康成还没睡

他看见我大吃一惊
他说，要活下去！

这是众所周知的事
不用他说啊

今夜疼痛做伴
跟这个熬夜的高手
我们反复陶冶一件瓷器
塑成我一样的脸型

我们自以为
感受美的能力是无限的
不幸的是
同样也感受死亡
我们是凭着想象
把花当作了青铜器

凌晨四点
疼痛此时疲倦得
变成一些模糊的语言

花也在犯困
各种疼痛
都插在一个带红釉子的花瓶里

再美的东西
也只有某些人看到

海棠花和栀子在夜里是不睡的
它们悄声细语
失眠的人都能听到

福报将至

望星空

今晚

你的福报将到

我舍不得睡去

只要不睡，这一天就没有过去

最宝贵的东西已经显现

今晚你将得到最温暖的惊喜

一道闪光

搭建的天空栈道

那是病痛指引你的人生路径

你要感谢它

让你知道了生命

经历无数的挫折
爱情已经缘定
透过云层
它
注定在那里闪耀
是你的烙印

每一颗星
都有它存在的理由
沉默宽容的人啊
谁说乏人问津
捧月之星
也会光芒显露

从此
天地调养你
你的身体
不再用作它途
上帝给你的时间
一分也不能少

慧子说

读首诗再睡觉

此时玉宇澄清啊

你福报将至

清明

火车就要启动
我才想起她来
外婆
还在江南
我去向她告别时
她斜躺在南方的竹床上
看起来有点冷
有点饿
她穿着整齐
洁净
像从一个集会上回来
还没来得及更衣
本来她也是
大户人家的女子

我说，我姨呢？
她说，你忘了吗？
她早已死去
我说
你不是，在她之前死的吗？
她说，啊——
落英缤纷
落英缤纷

汽笛鸣响
喔——
我站在她的床边
不知所措
外婆
此时我并不在你身边
我在遥远的北方
我在你的未来
你曾经告诉我的那个未来
（你在来世吗？）
那列火车
是我曾经坐过的

永远停靠在、在、在

1990

春天万物生长

唯有我心枯萎

如果死无定期

人从出生那天
就开始倒着数数
为什么人都不怕死?
因为死不定时

如果死有定期
我们惶惶不可终日
过一天减掉一个数字
每一天跨过一道鬼门

尽管大数已定
但小数可以通融
对此小小恩惠
让我们快乐无比

如果死亡没有定期

我们以为可以永远不死

尽管是七十三八十四

阎王不招谁也不会自己去

悦之以声色犬马

劳之以日而不息

突然一天门被敲响

死神已然站在对面

520（我爱你）

开始时是悲痛
之后是悲伤
再后来变成了忧伤
现在想起他们
只剩下一点伤感

我站在河岸上
脚下落叶湍湍
谁说树犹如此
看着孤帆远影
恰似自己离去

虽然在你面前
其实已经远离

爱我的人啊
看着我一个人坐在树下
环视群山

大部分时候
世界都是毫无诗意
莫不如还有一点点忧伤
哪些人还能叫我悲痛
或是我，让谁伤悲

夜访杭州漫书咖

摈弃烦恼的好地方之一
思想温暖
人生美好

你知道我每次都要买的
那些书籍
并且陪我

在一把靠窗的椅子里
无言以对
慢慢衰老

在这里约会
你永远都可以迟到

我的耐心
足够把你等下去

直到忘记还在等你
怀揣书本
寿终正寝

生死游戏

今晚想起二十年后
我们一起爱上了流泪
我们中间的一个
甚至两个、三个
肯定不在我们中间

不知道谁先离开
我们禁不住面面相觑
并不是先来后到
先来的人必定先走
那要看命运安排

但我们确不知道
二十年后新的组合

还要回忆今天的聚会
死去的人说过什么
这又再次使我们伤感

我们也可做个游戏
用抓阄定生死先后
每人定下自己的赔付率
问题是先走的人没法快乐
哪怕他完全猜中

走掉一个重新抓阄
一直玩到最后两人
多人的游戏终要结束
从此我们带着快乐的心情
看谁才是笑到最后

今晚是我末日

每晚睡前
我都觉得惭愧
如果今天是末日
我所有的事情如何完成?

天地不仁
苍穹下人如蝼蚁
今晚脱下鞋
明早是否还能穿上

如果让我永远活下去
那又是一件糟糕的事
人都可以不用努力
因为时间不再紧迫

人有下辈子
下辈子还有 N 辈子
心中没有末日
生活何来意义?

活着虽说并不重要
但此一生我不潦草
一个优异的末日
是我人生答卷

每晚都是我的末日
对死我抱有热切的渴望
带着末日的生活
充满人情味道

洗澡

我偷窥你已有多年
每到我外公拿起报纸
我就从一个门缝里
偷窥你洗澡
当你解开衣带
一下把我脱得精光
你尖叫一声
让我魂飞魄散

你大约在南宋朝
大于我四百岁
穿着一双矮筒的雨靴
拿一把油伞罩着裸体

我的手被你牵着
走在字里行间

每天早上醒来
都听见你在窗前鸣叫
我拉开门，听到
一条街上都是涮马桶的声音
你身轻如燕
穿越几个朝代

根据剧情
你要跟我回家
然后宽衣解带
在细风中沐浴
而我趴在妄想上
吸吮你的乳头

困扰了我几百年
找到你，我会大哭一场
是你的胴体
诱我成为诗人如今

你坐在一张仕女图里

端庄得像一个妃子

我心里说，你的衣裙后面

早已被我饱览

俗话说，俗话又说

（网络攒句，正说反读）

正说

俗话说：靠人不如靠己；

俗话又说：一个好汉三个帮。

俗话说：人靠衣裳马靠鞍；

俗话又说：人不可貌相，海水不可斗量。

俗话说：有仇不报非君子；

俗话又说：宰相肚里能撑船。

俗话说：男子汉大丈夫，能屈能伸；

俗话又说：男子汉大丈夫，宁死不屈。

俗话说：交浅勿言深，沉默是金；
俗话又说：知无不言，言无不尽。

俗话说：先下手为强，后下手遭殃；
俗话又说：人不犯我，我不犯人。

俗话说：拔了毛的凤凰不如鸡；
俗话又说：瘦死的骆驼比马大。

俗话说：留得青山在，不怕没柴烧；
俗话又说：宁为玉碎，不为瓦全。

俗话说：万般皆下品，唯有读书高；
俗话又说：三百六十行，行行出状元。

俗话说：百无一用是书生；
俗话又说：书到用时方恨少。

俗话说：有钱能使鬼推磨；
俗话又说：金钱不是万能的。

俗话说：近朱者赤，近墨者黑；
俗话又说：出淤泥而不染。

俗话说：不是冤家不聚头；
俗话又说：有缘千里来相会。

俗话说：夫妻本是同林鸟，大难来时
各自飞；
俗话又说：在天愿作比翼鸟，在地愿
为连理枝。

俗话说：纵虎归山，后患无穷；
俗话又说：得饶人处且饶人。

俗话说：人善被人欺，马善被人骑；
俗话又说：善有善报，恶有恶报。

俗话说：人无横财不富，马无夜草不肥；
俗话又说：一分耕耘，一分收获。

俗话说：无毒不丈夫；
俗话又说：量小非君子。

俗话说：人不为己，天诛地灭；
俗话又说：人人为我，我为人人。

俗话说：忠孝不能两全；
俗话又说：百事孝为先。

反读

俗话说：一个好汉三个帮；
俗话又说：靠人不如靠己！

俗话说：人不可貌相，海水不可斗量；
俗话又说：人靠衣裳马靠鞍！

俗话说：宰相肚里能撑船；
俗话又说：有仇不报非君子！

俗话说：男子汉大丈夫，宁死不屈；
俗话又说：男子汉大丈夫，能屈能伸！

俗话说：知无不言，言无不尽；
俗话又说：交浅勿言深，沉默是金！

俗话说：人不犯我，我不犯人；
俗话又说：先下手为强，后下手遭殃！

俗话说：瘦死的骆驼比马大；
俗话又说：拔了毛的凤凰不如鸡！

俗话说：宁为玉碎，不为瓦全；
俗话又说：留得青山在，不怕没柴烧！

俗话说：三百六十行，行行出状元；
俗话又说：万般皆下品，唯有读书高！

俗话说：书到用时方恨少；
俗话又说：百无一用是书生！

俗话说：金钱不是万能的；
俗话又说：有钱能使鬼推磨！

俗话说：出淤泥而不染；
俗话又说：近朱者赤，近墨者黑！

俗话说：有缘千里来相会；
俗话又说：不是冤家不聚头！

俗话说：在天愿作比翼鸟，在地愿为连理枝；
俗话又说：夫妻本是同林鸟，大难来时各自飞！

俗话说：得饶人处且饶人；
俗话又说：纵虎归山，后患无穷！

俗话说：善有善报，恶有恶报；
俗话又说：人善被人欺，马善被人骑！

俗话说：一分耕耘，一分收获；
俗话又说：人无横财不富，马无夜草不肥！

俗话说：量小非君子；
俗话又说：无毒不丈夫！

俗话说：人人为我，我为人人；
俗话又说：人不为己，天诛地灭！

俗话说：百事孝为先；
俗话又说：忠孝不能两全！

酱猪脚的烹制过程

洗净蹄脚
（沧浪之水浊兮，可以濯我足）
放水放葱姜
（三片生姜一片葱，不怕感冒伤风）
烧开后放入蹄脚
开盖煮两分钟
捞出用冷水降温、沥干
锅中放一汤匙色拉油
一汤匙冰糖碎
（味甘性平，可以煎汤内服）
小火煮到冰糖融化颜色变深
（糖色最难是火候）
倒入焯好的蹄脚
不断翻炒至沾满糖色

倒入两汤匙生抽，半汤匙老抽
炒至蹄脚全部上色
（红肿之处，艳若桃花）
倒入一汤匙黄酒和姜片炒匀
把一颗八角、十粒花椒装入茶包袋
和葱同时放入锅中
加足量水没过蹄脚
水开转小火加盖焖两个小时
（早有古训：大火粥，小火肉）
开盖转大火收浓汁
（小火焖煮大火收）
出锅前淋少许香油炒匀即可
（说得简单，还要靠天分）

放到嘴里一嘬，骨头就下来了
（溃烂之时，美如乳酪）
刚好在群里看到陈忠实去世的消息
一并想到《白鹿原》的创作过程

癌宝宝的申诉状

你们都把我看成是一个
面目丑陋，长角拿叉的恶魔
本来，我也是一个可爱的宝宝
无忧无虑，在你们体内行走
可是，你们呼吸的空气
喝的水，咽下的食物，抽烟喝酒
还有你们的脾气，阴谋诡计
终有一天把我变得丑陋无比

你们恨我，骂我，讨厌我
但内心胆怯，还是怕我
对我残酷斗争，无情打击
恨不能把我置于死地
一帮人在手术台上

把我切得七零八落
像在自己的身体里面
安装一台绞肉机

自以为是这些人!
而我是不屈的战士
你打阵地战，我打游击
你打持久战，我跟你速战速决
我的地雷战
是天女散花，种植传播
我的地道战
是淋巴道、血道转移

你们喜欢的沉香，是树的瘤子
入药的麝香，是动物的结石
允许你们有病态的爱好
却要把我赶尽杀绝
还合计要把我饿死
这情何以堪?
我只能以倍增计划
还给你们颜色

你死了，我也活不了
为何不能相安无事?
我曾经是你的好兄弟
为你的成长出过力
我帮助你细胞分裂
否则你何时长大成人?
而我起始于一个基因突变
那不是我的错

我叫癌，需要爱
我们有一个共同的韵母
今后我做你身体的谏官
人道草木皆有情
语言不通我只能
用疼痛给你敲响警钟
没有我，你们何以知道
丧钟为谁而鸣?

读书节

看见一只梦游的鸟
“绕树三匝，何枝可依？”

而此时
月明星稀
我正在读书
今天是读书节
读各种书
同时看四大名著
一边看一页
过目不忘

而此时
唐僧念叨着《出师表》

大观园里

独坐一人，一杯两盏

唤得酒保拿笔砚来

此人写道：

三十九回

浔阳楼宋江吟反诗

……

而此时

有人在做朱拓

有人在做墨拓

有人端着石板看电子书

一声清脆的响声

而是我中了三颗子弹

我是不是就昏迷在

这四月的天空里

同学聚会谈笑录

（网络攒句我执笔）

5 年后，结婚的一桌，单身的一桌；

10 年后，有孩子的一桌，没孩子的一桌；

15 年后，原配的一桌，二婚的一桌；

20 年后，国内的一桌，国外的一桌；

25 年后，谈生意的一桌，唠家常的一桌；

30 年后，有病的一桌，没病的一桌；

35 年后，打麻将的一桌，不打的一桌；

40 年后，荤的一桌，素的一桌；

45 年后，退休的一桌，没退的一桌；

50 年后，有牙的一桌，没牙的一桌；

55 年后，自己来的一桌，扶着来的一桌；

60 年后，能来的一桌，来不了的空一桌。

65 年后，人一桌，鬼一桌；

70 年后，转世的一桌，没转的一桌；

……

100 年后，猪一桌，狗一桌。

贾科梅蒂雕塑展

你站在前天
我在前天的前天
如果把时间紧缩
我们是在同一天
再紧缩
在同一时刻

窗外的光
射手般
瞄准室内的雕像
和看似渺小的观众
在不同时空里
感受同一种瘦削

历史的每一个角落
大都爱因斯坦目光所止
当距离越退越远
形体便趋于一致
具象接近消失之时
灵魂也几近灭失

停驻铜像的目光
还没来得及消散
在巴黎街头
他甚至知道摄影机正对着他
他看着自己从容不迫地走完一生
然后走入狭小的画室

甚至听到胶片的响声
反复摆弄头颅的模特
脱下外套和松垮的裤子
露出烧焦的肢体
把人类的各种疼痛
收敛在观者的目光里

英国退欧日，
读《清帝逊位诏书》

清后阅未终篇
已泪如雨下

曰：徒以国体一日不决
故民生一日不安
今全国人民心理
多倾向共和
予亦何忍因一姓之尊荣
拂兆民之好恶

曰：古之君天下者
不得以养人者害人
重在保全民命
勿得挟虚矫之意气

逞偏激之空言
致国与民两受其害

曰：是用
外观大势，内审舆情
特率皇帝，将统治权公诸全国
定为共和立宪国体
近慰海内厌乱望治之心
远协古圣天下为公之义

曰：仍合满、汉、蒙、回、藏五族
完全领土为一大中华民国
内列阁、府、院、部
外建督、抚、司、道
所以康保群黎
非为一人一家而设

曰：予与皇帝
得以退出宽闲，优游岁月
长受国民之优礼
亲见郅治之告成

岂不懿欤！是以
暂居禁宫，尊号仍存不废
其宗庙陵寝，永远奉祀
原有之私产，特别保护
岁用四百万两
惟以后不得再招阉人

有曰：反清胜利，帝制结束
此正朝廷审时观变
宪政思想，妥协精神
乃中国之光荣革命

有曰：此一节大局定矣
来日正难

袁世凯黄袍加身
孙中山二次革命
九夏沸腾，生灵涂炭
大局决裂，残杀相寻
重启无穷之战祸
演成种族之惨痛

造了多大的孽

连个罪己诏都没有

库布其老散

——纪念《信息自由法》五十周年

五十年前
有个库布其老散
名字叫约翰·莫斯
他的对手不只是一个
是一串总统的名字

戴维·艾森豪威尔
约翰·肯尼迪
杰拉尔德·福特
思想斗争到最后一刻
林登·约翰逊总统

在自家的一个角落
签署了这个法令

打开了一个魔鬼的盒子
美国政府的大门

自由还是保密
就像生存还是毁灭
这是一个现代世界的
哈姆雷特难题

尼克松总统掉进了
水门之水
克林顿总统在众参两院
提起了裤子
这是人民的武器
而不是以人民的名义
人民不需要管家法
更不需要老大哥

五十年后
库布其老散转世到中国
他远在江湖
每天念着一纸空文

他的众参两院

是互联网 + 骂娘

他的名字叫魏

魏什么?

到百度去查

他已是库布其老散三世

二世是谁?

也到百度查去

无题

没几年
你就会离开我的视线
我坐在一棵蓝色的树下
一直望到爱情的尽头

一个长条的坑
正好放下这段时间
撒上鲜花
也撒上鲜花椒

镜子

亲吻自己的左脸
只亲吻自己的左脸
说，等着我回来
对着镜子，跟自己道别
对着镜子
我只亲吻你的左脸

你望着自己离去
只亲吻了自己的左脸
说，我等你回来
对自己说，可不能累倒
对自己说
我只亲吻了你的左脸

煽动者的逻辑思维

如果气温提高三度
人类将不复存在
海平面再上升半米
陆地将被淹没

罗素断言
工业革命是一场灾难
森林被砍光
煤炭被挖完
石油被抽尽
将来铀也无处可寻
罗马俱乐部的报告
不是危言耸听

二十一世纪议程
预示人类大祸临头

不仅如此
还有——
土地沙化
雾霾围城
水源污染
农作物转基因
臭氧层酸雨
生物种群灭绝
男人精子数下降
癌症发病率上升
小行星撞击地球
阿法狗战胜人类
普遍的道德堕落
三代以下霸道横行

没有当上总统的戈尔
获得了诺贝尔和平奖
凭着吓唬人的把戏
名利双收

他有着机智的眉头
忧郁的面部
坚定不移的信念
和洞穿一切的眼神
这些睿智者
不是怀有善良的心灵?
悲观的言论
却让他获得好名声
而让那些乐观派
显得心智浅薄

所有悲天悯人的预言
哪怕正确过一次呢!
他们的高瞻远瞩
总是跌碎眼镜
英国工人阶级的状况
早已不复存在
增长的极限
从来没有到来
马粪堵满大街时
汽车时代来临

石油储量只够用三十年了
但永远可以用三十年

可怜世界的人民
都愿意如此听信
被唤起的恐惧记忆
让外界更加不安
中国的人民
发扬中华民族的优良传统
勤俭节约
节能减排
把钱存在美联储
供养着美国的人民
随心所欲地
制造国际主义义务
一帮糊涂傻蛋
终于达成了共识

良药

我在沙发上做梦
听见我的老婆在梦的外面啃猪脚
她一边看着电视
一边数着
连同自己的
一共有多少根指头
猪脚是万能的
没有猪脚是万万不能的
凡是有了岁数的女人
如果她们脸上没有皱褶
我就断定她们
每天要吃五个猪脚
这个秘密不要告诉英国人
他们永远不知道

胶原蛋白

可以增加白细胞

还可以提高

对电视剧的免疫力

本来它们直接被送进焚烧炉

而今踏波而来

像没有穿袜子的女人

雪白的脚面

踩着高跟鞋

优雅地来到中国

首先改变肤色

跟黄芪、党参、花椒、八角、生姜、

大料一起

熬过一个上午之后

颜色酱紫

被端到餐桌上

平生第一次蹬鼻子上脸

年轻中医在处方上写道：

性平，味甘咸，可补虚弱

是一种类似熊掌的美味佳肴和

治病良药

我也怀念屈原

今日沉思默想
一心一意念叨屈原

从结果看
他无疑是对的：
悔不该听我一言啊
何至于此！

怀王何错之有
齐，不也是虎狼吗?
心已尽矣！忧思何益
幸有田亩，何不力耕自食

揣摩他投江之前

未尝不呼父母也

弃臣一样逢人便说：

信而不见，忠而被谤

见一个渔夫也要讲：

举世混浊而我独清

此时圣人早已出世

天之木铎巡行于天下

圣人说

邦有道则现，邦无道则隐

圣人说

邦有道则知，邦无道则愚

圣人说

邦有道，危言危行

邦无道，危行言逊

圣人说

邦有道，则仕

邦无道，可卷而怀之

他的怨气

成了中华民族的气质

三闾大夫！

你对怀王的感情我懂的

特设此官打发你

可你自恋也很严重啊！

如果你不是诗人

不就是个怨妇吗？

渔夫摇桨而来

仍在唱：沧浪之水清啊

我们不能都去死吧？

邦无道，免于刑戮

宋襄公

前六百三十九年

泓水之畔

襄公坐在战车里吐槽

曰：

古之为军也

不以阻隘也

寡人虽亡国之余

不鼓不成列

不重伤，不擒二毛

胜之不武，非君子也

让国之美，过让则伪

鹿上之盟，赴兵车之会

以我为之，谏而不听
豪侠仗义莫过于此

兵者，诡道也
英雄也发暗器
想想宋襄公
做一个落后于时代的人
仁义不是天分
而是一种选择

固然是，舍国取义
安心做个反派人物
又告：既济而未成列
公曰：未可

注：《宋楚泓之战》，节选自《左传》僖公二十一年至二十三年。本篇内容记述了春秋时期宋国同楚国争霸的历史，描写了宋襄公固守那种“蠢猪式的仁义道德”（毛泽东语），结果导致宋军在泓之战中的惨败。

附原文：

宋楚泓之战

宋公及楚人战于泓。宋人既成列，楚人未既济。司马曰："彼众我寡，及其未既济也，请击之。"公曰："不可。"既济而未成列，又以告。公曰："未可。"既陈而后击之，宋师败绩。公伤股，门官歼焉。

国人皆咎公。公曰："君子不重伤，不禽二毛。古之为军也，不以阻隘也。寡人虽亡国之馀，不鼓不成列。"

子鱼曰："君未知战。勍敌之人，隘而不列，天赞我也。阻而鼓之，不亦可乎？犹有惧焉。且今之勍者，皆吾敌也，虽及胡耇，获则取之，何有于二毛？明耻、教战，求杀敌也。伤及未死，如何勿重？若爱重伤，则如勿伤；爱其二毛，则如服焉。三军以利用也，金鼓以声气也。利而用之，阻隘可也。声盛致志，鼓儳可也。"

袁隆平

一部中国通史
都是人相食
易子而食

一部现代历史
满本都写着两个字是
“吃人”

一部当代史
通篇是“亩产”二字

大食堂
钟鸣鼎食之家

大路两旁的饿鬼抹着嘴
都说吃饱了

诗人紧急号召
节省口粮作种子

种子和口粮
你死我活！
为了延续植物的种族
为了明天不饿死

王安石头戴草帽
手里握着青苗，满脸微笑
喜看稻菽千重浪
遍地英雄成饿殍

天降大任
又降斯人

一个天然不育的雄性植株
鹤立鸡群

他是大卫吗?
《出埃及记》的丐帮首领

一个关于人类雄心的故事
无须放卫星

上帝都不说让人吃饱
他说能

袁崇焕

有一种死亡叫政治
比身体的死亡更无情
甚至动用国家资源
对目标的名誉进行破坏
致其身败名裂
为围观者所啖食

但也有人因此
而名垂青史
让施害者的灵魂趴在地上
再也站不起来
（你是哪一类，姑且不论
唵嘛呢叭咪吽）

你守住北京
丢掉了性命
你用古籍修建的城堡
原来是为你自己准备的
慢慢去解读那些微言大义吧
哀莫大于心不死（白岩松语）
你的苦闷甚至冤屈
跟圣人说去吧！
忘了圣人教诲：
窃钩者诛，窃国者为诸侯

一条严谨的红线
终于缠在你的脖子上
谁都享受给别人制定规则
规章制度固然不错
谁知道它何时发怒
咬得你灵魂惨叫
视所有人为异类
以人民为公敌

你所崇拜的先贤
都已齐聚神圣大殿

去吧，接受末日的审判
上帝公诉才使人心服
见到那些伟大心灵
还不让你羞愧得无地自容
说你见利忘义?
还是安慰你——
不是公冶长，哪能听懂鸟语
“虽在缧绁之中，非其罪也”

刚刚认我为兄
还未歃血为盟
不管结局如何
你都是被历史了
若是留下一大堆孽债
那便是一个好去处
既不尽忠，也不用尽孝
你倒是两全了

先学会一个人
与上帝说话
身体里的血液
可以模仿大海的潮汐

内心独白也能够

征服想象中的听众

每天吟唱心灵的哀歌

等待恩赐从天而降

春天颂

从唐古拉山脉的主峰
格拉丹东大冰封的冈加曲巴冰川
高高尖尖的山峰下
是长江的正源
沱沱河
冰川融化的雪水
汇聚通天河
一路向下报告春天来临

年轻的老者走进春天
脸上已经布满皱纹
虽然他已疲惫不堪
但决不堕落到平庸的深渊
他专注地歌唱

让听者无不动容
哦，春天
我们彼此都是上帝
当苦难来袭
没有人能够抵挡
但是春天守护着我们的躯体
更守护人的心灵

诚恳的笑容
淡淡的忧伤
一幕幕彼此关爱的镜头
温暖人心
在春天，我们都可以超越本能
没有病痛不能战胜
春天给我的力量
像给我的血管鼓满了帆
亲人朋友温暖的支持
让我如履平川

尽管没有做错什么
但不知为什么
我们也会衰老

甚至疾病缠身
但我们最爱回忆的是
那些喂了狗的青春
含着泪连奔带跑地
赶往火车站接站的下午
碰撞的速度与激情
清脆明亮的山盟海誓

都伴着春天回来了
这一天我们等待了很久
不要烦躁
春天会使我们心绪不宁
那些飞滚的毛絮
也带着神的旨意
甚至工地上的噪音
都是在给我们伴奏

啊 圣洁的河流
由你腹中生下的神灵
凡是走过或将要经过之地
油菜花都已铺就道路
再不受命运的制约

我们已被神圣垂爱
还何忧之有呢
春天已使厄运就范

此刻我们倍感陌生
没有记忆的工具
让我再想起过去
不管幸福还是痛苦如此种种
春天已经是我的新生
我的欢快是因为我交给命运主宰
我还要遵照神的旨意
去问候每一个悲观的人

爱情箴言

没有你
天地太空阔

尽管你对我诸多怨恨
我爱你如初

脆弱让你泪流满面
也让你的心从苍白到绚烂

如同江河灌溉良田
繁花把春天挤满

每当考验远道而来
我们只能把它迎接

我已做好准备
把你养大成人

养到你心满意足
跟天上诸神一起欢乐

只要不再殚精竭虑
思想就不会把你困扰

你鼓舞了我

终于到了最艰难的时刻
谁还能给我鼓励?
如果没有你
我是否还有追求梦想的勇气?

尽管你已脆弱不堪
但你是我唯一的动力
如果不能帮我渡过难关
那不是你的错

最善良的人啊
上帝才会给他一颗悲悯的心
平日同情他人
现在救赎自己

假如不能拯救自己
如何证明能够救助他人?
从你这里我发现真谛
终会让我惊叹不已

读读这些美丽的歌词
都会让我泪流不止
终于到了最艰难的时刻
不会再有坏消息

写作焦虑症

我一直往下挖
一锹一锹把土甩上来
黏土粘在锹面上
甩也甩不掉
总有一把铁锹在我手上
这把铁锹是队长送给我的
我用它挖了四十年
在知青组的自留地里挖
在生产队的大田里挖
在书本里挖
无处可挖就在我大脑里挖
一锹一锹像脑浆
白天挖，我夜里也挖
我的眼睛起了老茧

我用的是一把钝锹
把土铲出来不容易
我一直在我的心里挖
在我心里挖呀挖呀
挖出来的都是素材
后来都用在我的作品里
我仍旧是挖呀挖呀
挖出来的都是血泡
日头移动得异常缓慢
挂在头顶一动不动
我一锹一锹往下挖
一直挖到观念的底层
观念仍是石板一块
记忆从压迫中冒出来
黏土变得更黏了粘在锹面上
甩也甩不掉

花开正好

为什么要在痛苦中死去
不能像花一样我选择盛开时凋谢?
不是在最幸福的时刻戛然而止
大家都来向我道喜?

为什么不能让我痛痛快快
一下子就跳出肉身?
让我像个蠢货暴露无遗
还要让我的形象使人恐惧?

为什么不是呜呼一声
就把前世今生所有罪孽一笔勾销?
还让我恋恋不舍
在我心中塞满记忆?

一生没有喝够的酒
层层叠叠摆放
朋友们围着我像围着一堆篝火
唱着歌把我送上天去

像决定睡觉一样
倒下头管它能不能醒
梦见我把身上完好的一段
嫁接到另一棵树上

最快乐的时刻我说
——停!
——够了!
以下都是多余

《一代宗师》观后

每一次
都是带着灵魂在作战
生的进来
死的出去
离开对手之后
一口血
吐在自家门上

三年前
我爹就坐在这里
从这里开始吧
窗外正是风清月朗
功夫是纤毫之争

打坏了东西
算你赢

一约既定
万山无阻
从没有越不过的高山
越不过的是情仇
俗话说，退一步海阔天空
俗话又说
狭路相逢勇者胜

两只眼睛
给我照亮前程
如果回不了头呢？
就走到绝处
到头来就是一横一竖
冤冤相报
或许就是天意

当年把戏唱下去
脚下就不是这舞台了
台上台下，一悲一喜

最好的时候碰到你

念念不忘，必有回响

六十四手

已然忘记

一滴美妙的眼泪

不曾见过的美人
冰凉的小手
去抚摸一架古琴
一个人黑猩猩一般
坐在古琴另一端
明亮如炬的目光
阻止她靠近

柴堆上烈焰熊熊
穿上戏装之后
春风让我苏醒
一滴美妙的眼泪
当着春光着床
比青春还宝贵的时间里
安心地，怀着一场病

时间分类

还有很长时间
我要跟我厮守在一起
我要对自己下手
拆解，分割，去粗取精
放在一个个透明的盒子里
分别冷藏和冷冻

要像分类一样
分出四时五味
分成早、中、晚
春、夏、秋、冬
喜、怒、哀、乐
功、败、垂、成

分成做梦和非梦的时间
梦见你和没有梦到的时间
发情的和没有发情的时间
受孕和没受孕的时间
分成在家在医院的时间
吃饭还有吃药的时间

痴心妄想和绝情
（部分是重合的）
发呆和聚精会神
（都是一个表情）
分成沉醉和清醒的时间
coffee or tee 的时间

分出快乐时光和艰难岁月
温暖的时刻常伴随心灰意冷
幸福的时间很长
但容易流逝
悲痛是短暂的
却经久不息

哪些时间先过
（能否先把早上都过掉）
把哪些留到最后?
（把梦留到最后）
是把难过先过了
快乐留着慢慢享用?
（那是痴心妄想）
还是先取用幸福时光
最后再跟鬼神纠缠?
（自已跟自己绝情）

想都不要去想
所有时间都充满欢乐
哪些是必选的
不因你厌恶而逃避
那些令人欢愉的日子
也不因钟情而留长